suhrkamp taschenbuch 1203

Hermann Hesse, am 2. Juli 1877 in Calw/Württemberg als Sohn eines baltendeutschen Missionars und einer württembergischen Missionarstochter geboren, 1946 ausgezeichnet mit dem Nobelpreis für Literatur, starb am 9. August 1962 in Montagnola bei Lugano.

Seine Bücher, Romane, Erzählungen, Betrachtungen, Gedichte, politischen, literatur- und kulturkritischen Schriften sind mittlerweile in einer Auflage von mehr als 60 Millionen Exemplaren in aller Welt verbreitet und haben ihn zum meistgelesenen europäischen Autor des 20. Jahrhunderts in den USA und in Japan gemacht.

Als Hesse diese Erzählung schrieb, lagen die Begebenheiten, an die er sich hier erinnert, fast dreißig Jahre zurück. Die topographische ebenso wie die psychologische Präzision des Geschilderten, die sich über Jahrzehnte hinweg unauslöschlich in allen Einzelheiten bewahrt hat, verrät, wie einschneidend dieses Erlebnis gewesen sein muß, das sich am 11. November 1889 zugetragen hat.

In einem »Widerstreit zwischen Ehrfurcht und Auflehnung« gegen die Autorität eines Vaters, »der nie im Unrecht war«, verwickelt sich der Sohn wie unter hypnotischem Zwang »in eine Tat, die er garnicht wollte«. Selten sind die dämonischen Antriebe eines hellwachen Gewissens, das als Unrecht Erkannte aus einem Drang zur Selbstbehauptung dennoch zu tun, so gründlich durchleuchtet und glaubwürdig gedeutet worden wie in diesem »Drama eines begabten Kindes«.

»Zum erstenmal in meinem kindlichen Leben empfand ich . . ., wie namenlos zwei verwandte, gegeneinander wohlgesinnte Menschen sich mißverstehen und quälen und martern können, und wie dann alles Reden, alles Klugseinwollen, alle Vernunft bloß noch Gift hinzugießen, bloß neue Qualen, neue Stiche, neue Irrtümer schaffen. Wie war das möglich? Aber es war möglich, es geschah.«

Hermann Hesse

Hermann Hesse
Kinderseele

Erzählung

Suhrkamp

Entstanden Ende 1918.
Erstdruck in *Deutsche Rundschau*, Bd. 181.
Erstmals in Buchform in:
Hermann Hesse, *Klingsors letzter Sommer*,
Berlin, 1920.
Umschlagmotiv nach einem Aquarell
Hermann Hesses.
Redaktion: Volker Michels.

suhrkamp taschenbuch 1203
Erste Auflage 1985
Aus *Klingsors letzter Sommer*, Copyright 1920, Berlin
Alle Rechte vorbehalten, insbesondere das
des öffentlichen Vortrags, der Übertragung
durch Rundfunk und Fernsehen
sowie der Übersetzung, auch einzelner Teile.
Suhrkamp Taschenbuch Verlag
Satz: LibroSatz, Kriftel/Taunus
Druck: Ebner Ulm · Printed in Germany
Umschlag nach Entwürfen von
Willy Fleckhaus und Rolf Staudt

1 2 3 4 5 6 – 90 89 88 87 86 85

Kinderseele

Manchmal handeln wir, gehen aus und ein, tun dies und das, und es ist alles leicht, unbeschwert und gleichsam unverbindlich, es könnte scheinbar alles auch anders sein. Und manchmal, zu anderen Stunden, könnte nichts anders sein, ist nichts unverbindlich und leicht, und jeder Atemzug, den wir tun, ist von Gewalten bestimmt und schwer von Schicksal.

Die Taten unseres Lebens, die wir die guten nennen und von denen zu erzählen uns leicht fällt, sind fast alle von jener ersten, »leichten« Art, und wir vergessen sie leicht. Andere Taten, von denen zu sprechen uns Mühe macht, vergessen wir nie mehr, sie sind gewissermaßen mehr unser als andere, und ihre Schatten fallen lang über alle Tage unseres Lebens.

Unser Vaterhaus, das groß und hell an einer hellen Straße lag, betrat man durch ein hohes Tor, und sogleich war man von Kühle, Dämmerung und steinern feuchter Luft umfangen. Eine hohe, düstere Halle nahm einen schweigsam auf, der Boden von roten Sandsteinfliesen führte leicht ansteigend gegen die Treppe, deren Beginn zuhinterst tief im Halbdunkel lag. Viele tausend Male bin ich durch dies hohe Tor eingegangen, und niemals hatte ich acht auf Tor und Flur, Fliesen und Treppe: dennoch war es immer ein Übergang in eine andere Welt, in »unsere« Welt. Die Halle roch nach Stein, sie war finster und hoch, hinten führte die Treppe aus der dunklen Kühle empor und zu Licht und hellem Behagen. Immer aber war erst die Halle und die erste Dämmerung da: etwas von Vater, etwas von Würde und Macht, etwas von Strafe und schlechtem Gewissen. Tausendmal ging man lachend hindurch. Manchmal aber trat man herein und war sogleich erdrückt und zerkleinert, hatte Angst, suchte rasch die befreiende Treppe.

Als ich elf Jahre alt war, kam ich eines Tages von der Schule her nach Hause, an einem von den Tagen, wo Schicksal in den Ecken lauert, wo leicht etwas passiert. An diesen Tagen scheint jede Unordnung und Störung der eigenen Seele sich in unserer Umwelt zu spiegeln und sie zu entstellen. Unbehagen und Angst beklemmen unser Herz, und wir suchen und finden ihre vermeintlichen Ursachen außer uns, sehen die Welt schlecht eingerichtet und stoßen überall auf Widerstände.

Ähnlich war es an jenem Tage. Von früh an bedrückte mich – wer weiß woher? vielleicht aus Träumen der Nacht – ein Gefühl wie schlechtes Gewissen, obwohl ich nichts Besonderes begangen hatte. Meines Vaters Gesicht hatte am Morgen einen leidenden und vorwurfsvollen Ausdruck gehabt, die Frühstücksmilch war lau und fad gewesen. In der Schule war ich zwar nicht in Nöte geraten, aber es hatte alles wieder einmal trostlos, tot und entmutigend geschmeckt und hatte sich vereinigt zu jenem mir schon bekannten Gefühl der Ohnmacht und Verzweiflung, das uns sagt, daß die Zeit endlos sei, daß wir ewig und ewig klein und machtlos und im Zwang dieser blöden, stinkenden Schule bleiben werden, Jahre und Jahre, und daß dies ganze Leben sinnlos und widerwärtig sei.

Auch über meinen derzeitigen Freund hatte ich mich heute geärgert. Ich hatte seit kurzem eine Freundschaft mit Oskar Weber, dem Sohn eines Lokomotivführers, ohne recht zu wissen, was mich zu ihm zog. Er hatte neulich damit geprahlt, daß sein Vater sieben Mark am Tage verdiene, und ich hatte aufs Geratewohl erwidert, der meine verdiene vierzehn. Daß er sich dadurch hatte imponieren lassen, ohne Einwände zu machen, war der Anfang der Sache gewesen. Einige Tage später hatte ich mit Weber einen Bund gegründet, indem wir eine gemeinsame Sparkasse anlegten, aus welcher später eine Pistole gekauft werden sollte. Die Pistole lag im Schaufenster eines Eisenhändlers, eine massive Waffe mit zwei bläulichen Stahlrohren. Und Weber hatte mir vorgerechnet, daß man nur eine Weile richtig zu sparen brauche, dann könne man sie kaufen. Geld gebe es ja immer, er bekomme sehr oft einen Zehner für Ausgänge, oder sonst ein Trinkgeld, und manchmal finde man Geld auf der Gasse, oder Sachen mit Geldeswert, wie Hufeisen, Bleistücke und anderes, was man gut verkaufen könne. Einen Zehner hatte er auch sofort für unsere Kasse hergegeben, und der hatte mich überzeugt und mir unseren ganzen Plan als möglich und hoffnungsvoll erscheinen lassen.

Indem ich an jenem Mittag unseren Hausflur betrat und mir in der kellerig kühlen Luft dunkle Mahnungen an tausend unbequeme und hassenswerte Dinge und Weltordnungen entgegenwehten, waren meine Gedanken mit

Oskar Weber beschäftigt. Ich fühlte, daß ich ihn nicht liebte, obwohl sein gutmütiges Gesicht, das mich an eine Waschfrau erinnerte, mir sympathisch war. Was mich zu ihm hinzog, war nicht seine Person, sondern etwas anderes, ich könnte sagen, sein Stand – es war etwas, das er mit fast allen Buben von seiner Art und Herkunft teilte: eine gewisse freche Lebenskunst, ein dickes Fell gegen Gefahr und Demütigung, eine Vertrautheit mit den kleinen praktischen Angelegenheiten des Lebens, mit Geld, mit Kaufläden und Werkstätten, Waren und Preisen, mit Küche und Wäsche und dergleichen. Solche Knaben wie Weber, denen die Schläge in der Schule nicht weh zu tun schienen und die mit Knechten, Fuhrleuten und Fabrikmädchen verwandt und befreundet waren, die standen anders und gesicherter in der Welt als ich; sie waren gleichsam erwachsener, sie wußten, wieviel ihr Vater am Tag verdiene, und wußten ohne Zweifel auch sonst noch vieles, worin ich unerfahren war. Sie lachten über Ausdrücke und Witze, die ich nicht verstand. Sie konnten überhaupt auf eine Weise lachen, die mir versagt war, auf eine dreckige und rohe, aber unleugbar erwachsene und »männliche« Weise. Es half nichts, daß man klüger war als sie und in der Schule mehr wußte. Es half nichts, daß man besser als sie gekleidet, gekämmt und gewaschen war. Im Gegenteil, eben diese Unterschiede kamen ihnen zugute. In die »Welt«, wie sie mir in Dämmerschein und Abenteuerschein vorschwebte, schienen mir solche Knaben wie Weber ganz ohne Schwierigkeiten eingehen zu können, während mir die »Welt« so sehr verschlossen war und jedes ihrer Tore durch unendliches Älterwerden, Schulesitzen, durch Prüfungen und Erzogenwerden mühsam erobert werden mußte. Natürlich fanden solche Knaben auch Hufeisen, Geld und Stücke Blei auf der Straße, bekamen Lohn für Besorgungen, kriegten in Läden allerlei geschenkt und gediehen auf jede Weise.

Ich fühlte dunkel, daß meine Freundschaft zu Weber und seiner Sparkasse nichts war als wilde Sehnsucht nach jener »Welt«. An Weber war nichts für mich liebenswert als sein großes Geheimnis, kraft dessen er den Erwachsenen näher stand als ich, in einer schleierlosen, nackteren, robusteren Welt lebte als ich mit meinen Träumen und Wünschen. Und ich fühlte voraus, daß er mich enttäuschen würde, daß es mir nicht gelingen werde, ihm sein Geheimnis und den magischen Schlüssel zum Leben zu entreißen.

Eben hatte er mich verlassen, und ich wußte, er ging nun nach Hause, breit und behäbig, pfeifend und vergnügt, von keiner Sehnsucht, von keinen Ahnungen verdüstert. Wenn er die Dienstmägde und Fabrikler antraf und ihr rätselhaftes, vielleicht wunderbares, vielleicht verbrecherisches Leben führen sah, so war es ihm kein Rätsel und ungeheures Geheimnis, keine Gefahr, nichts Wildes und Spannendes, sondern selbstverständlich, bekannt und heimatlich wie der Ente das Wasser. So war es. Und ich hingegen, ich würde immer nebendraußen stehen, allein und unsicher, voll von Ahnungen, aber ohne Gewißheit.

Überhaupt, das Leben schmeckte an jenem Tage wieder einmal hoffnungslos fade, der Tag hatte etwas von einem Montag an sich, obwohl es ein Samstag war, er roch nach Montag, dreimal so lang und dreimal so öde als die anderen Tage. Verdammt und widerwärtig war dies Leben, verlogen und ekelhaft war es. Die Erwachsenen taten, als sei die Welt vollkommen und als seien sie selber Halbgötter, wir Knaben aber nichts als Auswurf und Abschaum. Diese Lehrer –! Man fühlte Streben und Ehrgeiz in sich, man nahm redliche und leidenschaftliche Anläufe zum Guten, sei es nun zum Lernen der griechischen Unregelmäßigen oder zum Reinhalten seiner Kleider, zum Gehorsam gegen die Eltern oder zum schweigenden, heldenhaften Ertragen aller Schmerzen und Demütigungen – ja, immer und immer wieder erhob man sich, glühend und fromm, um sich Gott zu widmen und den idealen, reinen, edlen Pfad zur Höhe zu gehen, Tugend zu üben, Böses stillschweigend zu dulden, anderen zu helfen – ach, und immer und immer wieder blieb es ein Anlauf, ein Versuch und kurzer Flatterflug! Immer wieder passierte schon nach Tagen, o schon nach Stunden etwas, was nicht hätte sein dürfen, etwas Elendes, Betrübendes und Beschämendes. Immer wieder fiel man mitten aus den trotzigsten und adligsten Entschlüssen und Gelöbnissen plötzlich unentrinnbar in Sünde und Lumperei, in Alltag und Gewöhnlichkeiten zurück! Warum war es so, daß man die Schönheit und Richtigkeit guter Vorsätze so wohl und tief erkannte und im Herzen fühlte, wenn doch beständig und immerzu das ganze Leben (die Erwachsenen einbegriffen) nach Gewöhnlichkeit stank und überall darauf eingerichtet war, das Schäbige und Gemeine triumphieren zu lassen? Wie konnte es sein, daß man morgens im Bett auf den Knien oder nachts vor angezündeten Kerzen sich mit heiligem Schwur dem Guten und Lichten verbündete, Gott anrief und jedem Laster für immer Fehde ansagte – und daß man dann, vielleicht bloß ein paar Stunden später, an diesem selben heiligen Schwur und Vorsatz den elendesten Verrat üben konnte, sei es auch nur durch das Einstimmen in ein verführerisches Gelächter, durch das Gehör, das man einem dummen Schulbubenwitze lieh? Warum war das so? Ging es andern anders? Waren die Helden, die Römer und Griechen, die Ritter, die ersten Christen – waren diese alle andere Menschen gewesen als ich, besser, vollkommener, ohne schlechte Triebe, ausgestattet mit irgendeinem Organ, das mir fehlte, das sie hinderte, immer wieder aus dem

Himmel in den Alltag, aus dem Erhabenen ins Unzulängliche und Elende zurückzufallen? War die Erbsünde jenen Helden und Heiligen unbekannt? War das Heilige und Edle nur Wenigen, Seltenen, Auserwählten möglich? Aber warum war mir, wenn ich nun also kein Auserwählter war, dennoch dieser Trieb nach dem Schönen und Adligen eingeboren, diese wilde, schluchzende Sehnsucht nach Reinheit, Güte, Tugend? War das nicht zum Hohn? Gab es das in Gottes Welt, daß ein Mensch, ein Knabe, gleichzeitig alle hohen und alle bösen Triebe in sich hatte und leiden und verzweifeln mußte, nur so als eine unglückliche und komische Figur, zum Vergnügen des zuschauenden Gottes? Gab es das? Und war dann nicht – ja war dann nicht die ganze Welt ein Teufelsspott, gerade wert, sie anzuspucken?! War dann nicht Gott ein Scheusal, ein Wahnsinniger, ein dummer, widerlicher Hanswurst? – Ach, und während ich mit einem Beigeschmack von Empörerwollust diese Gedanken dachte, strafte mich schon mein banges Herz durch Zittern für die Blasphemie!

Wie deutlich sehe ich, nach dreißig Jahren,

jenes Treppenhaus wieder vor mir, mit den hohen, blinden Fenstern, die gegen die nahe Nachbarmauer gingen und so wenig Licht gaben, mit den weißgescheuerten, tannenen Treppen und Zwischenböden und dem glatten, harthölzernen Geländer, das durch meine tausend sausenden Abfahrten poliert war! So fern mir die Kindheit steht, und so unbegreiflich und märchenhaft sie mir im ganzen erscheint, so ist mir doch alles genau erinnerlich, was schon damals, mitten im Glück, in mir an Leid und Zwiespalt vorhanden war. Alle diese Gefühle waren damals im Herzen des Kindes schon dieselben, wie sie es immer blieben: Zweifel am eigenen Wert, Schwanken zwischen Selbstschätzung und Mutlosigkeit, zwischen weltverachtender Idealität und gewöhnlicher Sinneslust – und wie damals, so sah ich auch hundertmal später noch in diesen Zügen meines Wesens bald verächtliche Krankheit, bald Auszeichnung, habe zu Zeiten den Glauben, daß mich Gott auf diesem qualvollen Wege zu besonderer Vereinsamung und Vertiefung führen wolle, und finde zu andern Zeiten wieder in alledem nichts als die Zeichen einer schäbigen Charakterschwäche, einer Neurose, wie Tausende sie mühsam durchs Leben schleppen.

Wenn ich alle die Gefühle und ihren qualvollen Widerstreit auf ein Grundgefühl zurückführen und mit einem einzigen Namen bezeichnen sollte, so wüßte ich kein anderes Wort als: Angst. Angst war es, Angst und Unsicherheit, was ich in allen jenen Stunden des gestörten Kinderglücks empfand: Angst vor Strafe, Angst vor dem eigenen Gewissen, Angst vor Regungen meiner Seele, die ich als verboten und verbrecherisch empfand.

Auch in jener Stunde, von der ich erzähle, kam dies Angstgefühl wieder über mich, als ich in dem heller und heller werdenden Treppenhause mich der Glastür näherte. Es begann mit einer Beklemmung im Unterleib, die bis zum Halse emporstieg und dort zum Würgen oder zu Übelkeit wurde. Zugleich damit empfand ich in diesen Momenten stets, und so auch jetzt, eine peinliche Geniertheit, ein Mißtrauen gegen jeden Beobachter, einen Drang zu Alleinsein und Sichverstecken.

Mit diesem üblen und verfluchten Gefühl, einem wahren Verbrechergefühl, kam ich in den Korridor und in das Wohnzimmer. Ich spürte: es ist heut der Teufel los, es wird etwas passieren. Ich spürte es, wie das Barometer einen veränderten Luftdruck spürt, mit rettungsloser Passivität. Ach, nun war es wieder da, dies Unsägliche! Der Dämon schlich durchs Haus, Erbsünde nagte am Herzen, riesig und unsichtbar stand hinter jeder Wand ein Geist, ein Vater und Richter.

Noch wußte ich nichts, noch war alles bloß Ahnung, Vorgefühl, nagendes Unbehagen. In solchen Lagen war es oft das beste, wenn man krank wurde, sich erbrach und ins Bett legte. Dann ging es manchmal ohne Schaden vorüber, die Mutter oder Schwester kam, man bekam Tee und spürte sich von liebender Sorge umgeben, und man konnte weinen oder schlafen, um nachher gesund und froh in einer völlig verwandelten, erlösten und hellen Welt zu erwachen.

Meine Mutter war nicht im Wohnzimmer, und in der Küche war nur die Magd. Ich beschloß, zum Vater hinaufzugehen, zu dessen Studierzimmer eine schmale Treppe hinaufführte. Wenn ich auch Furcht vor ihm hatte, zuweilen war es doch gut, sich an ihn zu wenden, dem man so viel abzubitten hatte.

Bei der Mutter war es einfacher und leichter, Trost zu finden; beim Vater aber war der Trost wertvoller, er bedeutete einen Frieden mit dem richtenden Gewissen, eine Versöhnung und ein neues Bündnis mit den guten Mächten. Nach schlimmen Auftritten, Untersuchungen, Geständnissen und Strafen war ich oft aus des Vaters Zimmer gut und rein hervorgegangen, bestraft und ermahnt zwar, aber voll neuer Vorsätze, durch die Bundesgenossenschaft des Mächtigen gestärkt gegen das feindliche Böse. Ich beschloß, den Vater aufzusuchen und ihm zu sagen, daß mir übel sei.

Und so stieg ich die kleine Treppe hinauf, die zum Studierzimmer führte. Diese kleine Treppe mit ihrem eigenen Tapetengeruch und dem trockenen Klang der hohlen, leichten Holzstufen war noch unendlich viel mehr als der Hausflur ein bedeutsamer Weg und ein Schicksalstor; über diese Stufen hatten viele wichtige Gänge mich geführt, Angst und Gewissensqual hatte ich hundertmal dort hinaufgeschleppt, Trotz und wilden Zorn, und nicht selten hatte ich Erlösung und neue Sicherheit zurückgebracht. Unten in unserer Wohnung waren Mutter und Kind zu Hause, dort wehte harmlose Luft; hier oben wohnten Macht und Geist, hier waren Gericht und Tempel und das »Reich des Vaters«.

Etwas beklommen wie immer drückte ich die altmodische Klinke nieder und öffnete die Tür halb. Der väterliche Studierzimmergeruch floß mir wohlbekannt entgegen: Bücher- und Tintenduft, verdünnt durch blaue Luft aus halboffnen Fenstern, weiße, reine Vorhänge, ein verlorner Faden von Kölnisch-Wasser-Duft und auf dem Schreibtisch ein Apfel. – Aber die Stube war leer.

Mit einer Empfindung halb von Enttäuschung und halb von Aufatmen trat ich ein. Ich dämpfte meinen Schritt und trat nur mit Zehen auf, so wie wir hier oben manchmal gehen mußten, wenn der Vater schlief oder Kopfweh hatte. Und kaum war dies leise Gehen mir bewußt geworden, so bekam ich Herzklopfen und spürte verstärkt den angstvollen Druck im Unterleib und in der Kehle wieder. Ich ging schleichend und angstvoll weiter, einen Schritt und wieder einen Schritt, und schon war ich nicht mehr ein harmloser Besucher und Bittsteller, sondern ein Eindringling. Mehrmals schon hatte ich heimlich in des Vaters Abwesenheit mich in seine beiden Zimmer geschlichen, hatte sein geheimes Reich belauscht und erforscht und hatte zweimal auch etwas daraus entwendet.

Die Erinnerung daran war alsbald da und erfüllte mich, und ich wußte sofort: jetzt war das Unglück da, jetzt passierte etwas, jetzt tat ich Verbotenes und Böses. Kein Gedanke an Flucht! Vielmehr, ich dachte wohl daran, dachte sehnlich und inbrünstig daran, davonzulaufen, die Treppe hinab und in mein Stübchen oder in den Garten – aber ich wußte, ich werde das doch nicht tun, nicht tun können. Innig wünschte ich, mein Vater möchte sich im Nebenzimmer rühren und hereintreten und den ganzen grauenvollen Bann durchbrechen, der mich dämonisch zog und fesselte. O käme er doch! Käme er doch, scheltend meinetwegen, aber käme er nur, eh es zu spät ist!

Ich hustete, um meine Anwesenheit zu melden, und als keine Antwort kam, rief ich leise: »Papa!« Es blieb alles still, an den Wänden schwiegen die vielen Bücher, ein Fensterflügel bewegte sich im Winde und warf einen hastigen Sonnenspiegel über den Boden. Niemand erlöste mich, und in mir selber war keine Freiheit, anders zu tun, als der Dämon wollte. Verbrechergefühl zog mir den Magen zusammen und machte mir die Fingerspitzen kalt, mein Herz flatterte angstvoll. Noch wußte ich keineswegs, was ich tun würde. Ich wußte nur, es würde etwas Schlechtes sein.

Nun war ich beim Schreibtisch, nahm ein Buch in die Hand und las einen englischen Titel, den ich nicht verstand. Englisch haßte ich – das sprach der Vater stets mit der Mutter, wenn wir es nicht verstehen sollten und auch wenn sie Streit hatten. In einer Schale lagen allerlei kleine Sachen, Zahnstocher, Stahlfedern, Stecknadeln. Ich nahm zwei von den Stahlfedern und steckte sie in die Tasche, Gott weiß wozu, ich brauchte sie nicht und hatte keinen Mangel an Federn. Ich tat es nur, um dem Zwang zu folgen, der mich fast erstickt hätte, dem Zwang, Böses zu tun, mir selbst zu schaden, mich mit Schuld zu beladen. Ich blätterte in meines Vaters Papieren, sah einen angefangenen Brief liegen, ich las die Worte: »es geht uns und den Kindern, Gott sei Dank, recht gut«, und die lateinischen Buchstaben seiner Handschrift sahen mich an wie Augen.

Dann ging ich leise und schleichend in das Schlafzimmer hinüber. Da stand Vaters eisernes Feldbett, seine braunen Hausschuhe darunter, ein Taschentuch lag auf dem Nachttisch. Ich atmete die väterliche Luft in dem kühlen, hellen Zimmer ein, und das Bild des Vaters stieg deutlich vor mir auf, Ehrfurcht und Auflehnung stritten in meinem beladenen Herzen. Für Augenblicke haßte ich ihn und erinnerte mich seiner mit Bosheit und Schadenfreude, wie er zuweilen an Kopfwehtagen still und flach in seinem niederen Feldbett lag, sehr lang und gestreckt, ein nasses Tuch über der Stirn, manchmal seufzend. Ich ahnte wohl, daß auch er, der Gewaltige, kein leichtes Leben habe, daß ihm, dem Ehrwürdigen, Zweifel an sich selbst und Bangigkeit nicht unbekannt waren. Schon war mein seltsamer Haß verflogen, Mitleid und Rührung folgten ihm. Aber inzwischen hatte ich eine Schieblade der Kommode herausgezogen. Da lag Wäsche geschichtet und eine Flasche Kölnisches Wasser, das er liebte; ich wollte daran riechen, aber die Flasche war noch ungeöffnet und fest verstöpselt, ich legte sie wieder zurück. Daneben fand ich eine kleine runde Dose mit Mundpastillen, die nach Lakritzen schmeckten, von denen steckte ich einige in den Mund. Eine gewisse Enttäuschung und Ernüchterung kam über mich, und zugleich war ich doch froh, nicht mehr gefunden und genommen zu haben.

Schon im Ablassen und Verzichten zog ich noch spielend an einer andern Lade, mit etwas erleichtertem Gefühl und mit dem Vorsatz, nachher die zwei gestohlenen Stahlfedern drüben wieder an ihren Ort zu legen. Vielleicht waren Rückkehr und Reue möglich, Wiedergutmachung und Erlösung. Vielleicht war Gottes Hand über mir stärker als alle Versuchung . . .

Da sah ich mit schnellem Blick noch eilig in den Spalt der kaum aufgezogenen Lade. Ach, wären Strümpfe oder Hemden oder alte Zeitungen darin gewesen! Aber da war nun die Versuchung, und sekundenschnell kehrte der kaum gelockerte Krampf und Angstbann wieder, meine Hände zitterten, und mein Herz schlug rasend. Ich sah in einer aus Bast geflochtenen, indischen oder sonst exotischen

Schale etwas liegen, etwas Überraschendes, Verlockendes, einen ganzen Kranz von weiß bezuckerten, getrockneten Feigen!

Ich nahm ihn in die Hand, er war wundervoll schwer. Dann zog ich zwei, drei Feigen heraus, steckte eine in den Mund, einige in die Tasche. Nun waren alle Angst und alles Abenteuer doch nicht umsonst gewesen. Keine Erlösung, keinen Trost konnte ich mehr von hier fortnehmen, so wollte ich wenigstens nicht leer ausgehen. Ich zog noch drei, vier Feigen von dem Ring, der davon kaum leichter wurde, und noch einige, und als meine Taschen gefüllt und von dem Kranz wohl mehr als die Hälfte verschwunden war, ordnete ich die übriggebliebenen Feigen auf dem etwas klebrigen Ring lockerer an, so daß weniger zu fehlen schienen. Dann stieß ich, in plötzlichem hellem Schrecken, die Lade heftig zu und rannte davon, durch beide Zimmer, die kleine Stiege hinab und in mein Stübchen, wo ich stehenblieb und mich auf mein kleines Stehpult stützte, in den Knien wankend und nach Atem ringend.

Bald darauf tönte unsre Tischglocke. Mit leerem Kopf und ganz von Ernüchterung und

Ekel erfüllt, stopfte ich die Feigen in mein Bücherbrett, verbarg sie hinter Büchern und ging zu Tische. Vor der Eßzimmertür merkte ich, daß meine Hände klebten. Ich wusch sie in der Küche. Im Eßzimmer fand ich alle schon am Tische warten. Ich sagte schnell Gutentag, der Vater sprach das Tischgebet, und ich beugte mich über meine Suppe. Ich hatte keinen Hunger, jeder Schluck machte mir Mühe. Und neben mir saßen meine Schwestern, die Eltern gegenüber, alle hell und munter und in Ehren, nur ich Verbrecher elend dazwischen, allein und unwürdig, mich fürchtend vor jedem freundlichen Blick, den Geschmack der Feigen noch im Munde. Hatte ich oben die Schlafzimmertür auch zu-gemacht? Und die Schublade?

Nun war das Elend da. Ich hätte mir die Hand abhauen lassen, wenn dafür meine Fei-gen wieder oben in der Kommode gelegen hätten. Ich beschloß, sie fortzuwerfen, sie mit in die Schule zu nehmen und zu verschenken. Nur daß sie wegkämen, daß ich sie nie wieder sehen müßte!

»Du siehst heut schlecht aus«, sagte mein Vater über den Tisch weg. Ich sah auf meinen

Teller und fühlte seine Blicke auf meinem Gesicht. Nun würde er es merken. Er merkte ja alles, immer. Warum quälte er mich vorher noch? Mochte er mich lieber gleich abführen und meinetwegen totschlagen.

»Fehlt dir etwas?« hörte ich seine Stimme wieder. Ich log, ich sagte, ich habe Kopfweh.

»Du mußt dich nach Tisch ein wenig hinlegen«, sagte er. »Wieviel Stunden habt ihr heute nachmittag?«

»Bloß Turnen.«

»Nun, turnen wird dir nicht schaden. Aber iß auch, zwinge dich ein bißchen! Es wird schon vergehen.«

Ich schielte hinüber. Die Mutter sagte nichts, aber ich wußte, daß sie mich anschaute. Ich aß meine Suppe hinunter, kämpfte mit Fleisch und Gemüse, schenkte mir zweimal Wasser ein. Es geschah nichts weiter. Man ließ mich in Ruhe. Als zum Schluß mein Vater das Dankgebet sprach: »Herr, wir danken dir, denn du bist freundlich, und deine Güte währet ewiglich«, da trennte wieder ein ätzender Schnitt mich von den hellen, heiligen, vertrauensvollen Worten und von allen, die am Tische saßen: mein

Händefalten war Lüge, und meine andächtige Haltung war Lästerung.

Als ich aufstand, strich mir die Mutter übers Haar und ließ ihre Hand einen Augenblick auf meiner Stirn liegen, ob sie heiß sei. Wie bitter war das alles!

In meinem Stübchen stand ich dann vor dem Bücherbrett. Der Morgen hatte nicht gelogen, alle Anzeichen hatten recht gehabt. Es war ein Unglückstag geworden, der schlimmste, den ich je erlebt hatte. Schlimmeres konnte kein Mensch ertragen. Wenn noch Schlimmeres über einen kam, dann mußte man sich das Leben nehmen. Man müßte Gift haben, das war das beste, oder sich erhängen. Es war überhaupt besser, tot zu sein, als zu leben. Es war ja alles so falsch und häßlich. Ich stand und sann und griff zerstreut nach den verborgenen Feigen und aß davon, eine und mehrere, ohne es recht zu wissen.

Unsre Sparkasse fiel mir in die Augen, sie stand im Bord unter den Büchern. Es war eine Zigarrenkiste, die ich fest zugenagelt hatte; in den Deckel hatte ich mit einem Taschenmesser einen ungefügen Schlitz für die Geldstücke geschnitten. Er war schlecht und roh geschnitten, der Schlitz, Holzsplitter standen heraus. Auch das konnte ich nicht richtig. Ich hatte Kameraden, die konnten so etwas mühsam und geduldig und tadellos machen, daß es aussah wie vom Schreiner gehobelt. Ich aber pfuschte immer nur, hatte es eilig und machte nichts sauber fertig. So war es mit meinen Holzarbeiten, so mit meiner Handschrift und meinen Zeichnungen, so war es mit meiner Schmetterlingssammlung und mit allem. Es war nichts mit mir. Und nun stand ich da und hatte wieder gestohlen, schlimmer als je. Auch die Stahlfedern hatte ich noch in der Tasche. Wozu? Warum hatte ich sie genommen – nehmen müssen? Warum mußte man, was man gar nicht wollte?

In der Zigarrenkiste klapperte ein einziges Geldstück, der Zehner von Oskar Weber. Seither war nichts dazugekommen. Auch diese Sparkassengeschichte war so eine meiner Unternehmungen! Alles taugte nichts, alles mißriet und blieb im Anfang stecken, was ich begann! Mochte der Teufel diese unsinnige Sparkasse holen! Ich mochte nichts mehr von ihr wissen.

Diese Zeit zwischen Mittagessen und

Schulbeginn war an solchen Tagen wie heute immer mißlich und schwer herumzubringen. An guten Tagen, an friedlichen, vernünftigen, liebenswerten Tagen, war es eine schöne und erwünschte Stunde; ich las dann entweder in meinem Zimmer an einem Indianerbuch oder lief sofort nach Tisch wieder auf den Schulplatz, wo ich immer einige unternehmungslustige Kameraden traf, und dann spielten wir, schrien und rannten und erhitzten uns, bis der Glockenschlag uns in die völlig vergessene »Wirklichkeit« zurückrief. Aber an Tagen wie heute – mit wem wollte man da spielen und wie die Teufel in der Brust betäuben? Ich sah es kommen – noch nicht heute, aber ein nächstes Mal, vielleicht bald. Da würde mein Schicksal vollends zum Ausbruch kommen. Es fehlte ja nur noch eine Kleinigkeit, eine winzige Kleinigkeit mehr an Angst und Leid und Ratlosigkeit, dann lief es über, dann mußte es ein Ende mit Schrecken nehmen. Eines Tages, an gerade so einem Tag wie heute, würde ich vollends im Bösen untersinken, ich würde in Trotz und Wut und wegen der sinnlosen Unerträglichkeit dieses Lebens etwas Gräßliches und Entscheidendes

tun, etwas Gräßliches, aber Befreiendes, das
der Angst und Quälerei ein Ende machte, für
immer. Ungewiß war, was es sein würde;
aber Phantasien und vorläufige Zwangsvor-
stellungen davon waren mir schon mehrmals
verwirrend durch den Kopf gegangen, Vor-
stellungen von Verbrechen, mit denen ich an
der Welt Rache nehmen und zugleich mich
selbst preisgeben und vernichten würde.
Manchmal war es mir so, als würde ich unser
Haus anzünden: ungeheure Flammen schlugen mit Flügeln durch die Nacht, Häuser und
Gassen wurden vom Brand ergriffen, die
ganze Stadt loderte riesig gegen den schwar-
zen Himmel. Oder zu anderen Zeiten war das
Verbrechen meiner Träume eine Rache an
meinem Vater, ein Mord und grausiger Tot-
schlag. Ich aber würde mich dann benehmen
wie jener Verbrecher, jener einzige, richtige
Verbrecher, den ich einmal hatte durch die
Gassen unsrer Stadt führen sehen. Es war ein
Einbrecher, den man gefangen hatte und in
das Amtsgericht führte, mit Handschellen ge-
fesselt, einen steifen Melonenhut schief auf
dem Kopf, vor ihm und hinter ihm ein Land-
jäger. Dieser Mann, der durch die Straßen

und durch einen riesigen Volksauflauf von Neugierigen getrieben wurde, an tausend Flüchen, boshaften Witzen und herausgeschrienen bösen Wünschen vorbei, dieser Mann hatte in nichts jenen armen, scheuen Teufeln geglichen, die man zuweilen vom Polizeidiener über die Straße begleitet sah und welche meistens bloß arme Handwerksburschen waren, die gebettelt hatten. Nein, dieser war kein Handwerksbursche und sah nicht windig, scheu und weinerlich aus, oder flüchtete in ein verlegen-dummes Grinsen, wie ich es auch schon gesehen hatte – dieser war ein echter Verbrecher und trug den etwas zerbeulten Hut kühn auf einem trotzigen und ungebeugten Schädel, er war bleich und lächelte still verachtungsvoll, und das Volk, das ihn beschimpfte und anspie, wurde neben ihm zu Pack und Pöbel. Ich hatte damals selbst mitgeschrien: »Man hat ihn, der gehört gehängt!«; aber dann sah ich seinen aufrechten, stolzen Gang, wie er die gefesselten Hände vor sich trug, und wie er auf dem zähen, bösen Kopf den Melonenhut kühn wie eine phantastische Krone trug – und wie er lächelte! und da schwieg ich. So wie dieser

Verbrecher aber würde auch ich lächeln und den Kopf steif halten, wenn man mich ins Gericht und auf das Schafott führte, und wenn die vielen Leute um mich her drängten und hohnvoll aufschrien – ich würde nicht ja und nicht nein sagen, einfach schweigen und verachten.

Und wenn ich hingerichtet und tot war und im Himmel vor den ewigen Richter kam, dann wollte ich mich keineswegs beugen und unterwerfen. O nein, und wenn alle Engelscharen ihn umstanden und alle Heiligkeit und Würde aus ihm strahlte! Mochte er mich verdammen, mochte er mich in Pech sieden lassen! Ich wollte mich nicht entschuldigen, mich nicht demütigen, ihn nicht um Verzeihung bitten, nichts bereuen! Wenn er mich fragte: »Hast du das und das getan?«, so würde ich rufen: »Jawohl habe ich's getan, und noch mehr, und es war recht, daß ich's getan habe, und wenn ich kann, werde ich es wieder und wieder tun. Ich habe totgeschlagen, ich habe Häuser angezündet, weil es mir Spaß machte, und weil ich dich verhöhnen und ärgern wollte. Ja, denn ich hasse dich, ich spucke dir vor die Füße, Gott. Du hast mich gequält und geschunden, du hast Gesetze gegeben, die niemand halten kann, du hast die Erwachsenen angestiftet, uns Jungen das Leben zu versauen.«

Wenn es mir glückte, mir dies vollkommen deutlich vorzustellen und fest daran zu glauben, daß es mir gelingen würde, genau so zu tun und zu reden, dann war mir für Augenblicke finster wohl. Sofort aber kehrten die Zweifel wieder. Würde ich nicht schwach werden, würde mich einschüchtern lassen, würde doch nachgeben? Oder, wenn ich auch alles tat, wie es mein trotziger Wille war – würde nicht Gott einen Ausweg finden, eine Überlegenheit, einen Schwindel, so wie es den Erwachsenen und Mächtigen ja immer gelang, am Ende noch mit einem Trumpf zu kommen, einen schließlich doch noch zu beschämen, einen nicht für voll zu nehmen, einen unter der verfluchten Maske des Wohlwollens zu demütigen? Ach, natürlich würde es so enden.

Hin und her gingen meine Phantasien, ließen bald mich, bald Gott gewinnen, hoben mich zum unbeugsamen Verbrecher und zogen mich wieder zum Kind und Schwächling herab.

Ich stand am Fenster und schaute auf den

kleinen Hinterhof des Nachbarhauses hinunter, wo Gerüststangen an der Mauer lehnten und in einem kleinen winzigen Garten ein paar Gemüsebeete grünten. Plötzlich hörte ich durch die Nachmittagsstille Glockenschläge hallen, fest und nüchtern in meine Visionen hinein, einen klaren, strengen Stundenschlag, und noch einen. Es war zwei Uhr, und ich schreckte aus den Traumängsten in die der Wirklichkeit zurück. Nun begann unsre Turnstunde, und wenn ich auch auf Zauberflügeln fort und in die Turnhalle gestürzt wäre, ich wäre doch schon zu spät gekommen. Wieder Pech! Das gab übermorgen Aufruf, Schimpfworte und Strafe. Lieber ging ich gar nicht mehr hin, es war doch nichts mehr gutzumachen. Vielleicht mit einer sehr guten, sehr feinen und glaubhaften Entschuldigung – aber es wäre mir in diesem Augenblick keine eingefallen, so glänzend mich auch unsre Lehrer zum Lügen erzogen hatten; ich war jetzt nicht imstande, zu lügen, zu erfinden, zu konstruieren. Besser war es, vollends ganz aus der Stunde wegzubleiben. Was lag daran, ob jetzt zum großen Unglück noch ein kleines kam!

Aber der Stundenschlag hatte mich ge-
weckt und meine Phantasiespiele gelähmt.
Ich war plötzlich sehr schwach, überwirklich
sah mein Zimmer mich an, Pult, Bilder, Bett,
Bücherschaft, alles geladen mit strenger
Wirklichkeit, alles Zurufe aus der Welt, in der
man leben mußte, und die mir heut wieder
einmal so feindlich und gefährlich geworden
war. Wie denn? Hatte ich nicht die Turnstunde versäumt? Und hatte ich nicht gestohlen, jämmerlich gestohlen, und hatte die ver-
dammten Feigen im Bücherbrett liegen, soweit sie nicht schon aufgegessen waren? Was
gingen mich jetzt der Verbrecher, der liebe
Gott und das Jüngste Gericht an! Das würde
alles dann schon kommen, zu seiner Zeit –
aber jetzt, jetzt im Augenblick konnte das
Verbrechen entdeckt werden. Vielleicht war
es schon soweit, vielleicht hatte mein Vater
droben schon jene Schublade gezogen und
stand vor meiner Schandtat, beleidigt und
erzürnt, und überlegte sich, auf welche Art
mir der Prozeß zu machen sei. Ach, er war
möglicherweise schon unterwegs zu mir, und
wenn ich nicht sofort entfloh, hatte ich in
der nächsten Minute schon sein ernstes Ge-

sicht mit der Brille vor mir. Denn er wußte natürlich sofort, daß ich der Dieb war. Es gab keine Verbrecher in unserm Hause außer mir, meine Schwestern taten nie so etwas, Gott weiß warum. Aber wozu brauchte mein Vater da in seiner Kommode solche Feigenkränze verborgen zu haben?

Ich hatte mein Stübchen schon verlassen und mich durch die hintere Haustür und den Garten davongemacht. Die Gärten und Wiesen lagen in heller Sonne, Zitronenfalter flogen über den Weg. Alles sah jetzt schlimm und drohend aus, viel schlimmer als heut morgen. Oh, ich kannte das schon, und doch meinte ich, es nie so qualvoll gespürt zu haben: wie da alles in seiner Selbstverständlichkeit und mit seiner Gewissensruhe mich ansah, Stadt und Kirchturm, Wiesen und Weg, Grasblüten und Schmetterlinge, und wie alles Hübsche und Fröhliche, was man sonst mit Freuden sah, nun fremd und verzaubert war! Ich kannte das, ich wußte, wie es schmeckt, wenn man in Gewissensangst durch die gewohnte Gegend läuft! Jetzt konnte der seltenste Schmetterling über die Wiese fliegen und sich vor meinen Füßen hinsetzen – es war nichts, es freute nicht, reizte nicht, tröstete nicht. Jetzt konnte der herrlichste Kirschbaum mir seinen vollsten Ast herbieten – es hatte keinen Wert, es war kein Glück dabei. Jetzt gab es nichts als fliehen, vor dem Vater, vor der Strafe, vor mir selber, vor meinem Gewissen, fliehen und rastlos sein, bis dennoch unerbittlich und unentrinnbar alles kam, was kommen mußte.

Ich lief und war rastlos, ich lief bergan und hoch bis zum Walde, und vom Eichenberg nach der Hofmühle hinab, über den Steg und jenseits wieder bergauf und durch Wälder hinan. Hier hatten wir unser letztes Indianerlager gehabt. Hier hatte letztes Jahr, als der Vater auf Reisen war, unsre Mutter mit uns Kindern Ostern gefeiert und im Wald und Moos die Eier für uns versteckt. Hier hatte ich einst mit meinen Vettern in den Ferien eine Burg gebaut, sie stand noch halb. Überall Reste von einstmals, überall Spiegel, aus denen mir ein andrer entgegensah, als der ich heute war! War ich das alles gewesen? So lustig, so zufrieden, so dankbar, so kameradschaftlich, so zärtlich mit der Mutter, so ohne Angst, so unbegreiflich glücklich? War das ich gewesen? Und wie hatte ich so werden können, wie ich jetzt war, so anders, so ganz anders, so böse, so voll Angst, so zerstört? Alles war noch wie immer, Wald und Fluß, Farnkräuter und Blumen, Burg und Ameisenhaufen, und doch alles wie vergiftet und verwüstet. Gab es denn gar keinen Weg zurück, dorthin, wo das Glück und die Unschuld waren? Konnte es nie mehr werden, wie es gewesen war? Würde ich jemals wieder so lachen, so mit den Schwestern spielen, so nach Ostereiern suchen?

Ich lief und lief, den Schweiß auf der Stirn, und hinter mir lief meine Schuld und lief groß und ungeheuer der Schatten meines Vaters als Verfolger mit.

An mir vorbei liefen Alleen, sanken Waldränder hinab. Auf einer Höhe machte ich halt, abseits vom Weg, ins Gras geworfen, mit Herzklopfen, das vom Bergaufwärtsrennen kommen konnte, das vielleicht bald besser wurde. Unten sah ich Stadt und Fluß, sah die Turnhalle, wo jetzt die Stunde zu Ende war und die Buben auseinanderliefen, sah das lange Dach meines Vaterhauses. Dort war meines Vaters Schlafzimmer und die Schub lade, in der die Feigen fehlten. Dort war mein kleines Zimmer. Dort würde, wenn ich zurückkam, das Gericht mich treffen. – Aber wenn ich nicht zurückkam?

Ich wußte, daß ich zurückkommen würde. Man kam immer zurück, jedesmal. Es endete immer so. Man konnte nicht fort, man konnte nicht nach Afrika fliehen oder nach Berlin. Man war klein, man hatte kein Geld, niemand half einem. Ja, wenn alle Kinder sich zusammentäten und einander hülfen! Sie waren viele, es gab mehr Kinder als Eltern. Aber nicht alle Kinder waren Diebe und Verbrecher. Wenige waren so wie ich. Vielleicht war ich der einzige. Aber nein, ich wußte, es kamen öfters solche Sachen vor wie meine – ein Onkel von mir hatte als Kind auch gestohlen und viel Sachen angestellt, das hatte ich irgendwann einmal erlauscht, heimlich aus einem Gespräch der Eltern, heimlich, wie man alles Wissenswerte erlauschen mußte. Doch das alles half mir nicht, und wenn jener Onkel selber da wäre, er würde mir auch nicht helfen! Er war jetzt längst groß und erwachsen, er war Pastor, und er würde zu den Erwachsenen halten und mich im Stich lassen. So waren sie alle. Gegen uns Kinder waren sie alle falsch und verlogen, spielten eine Rolle, gaben sich anders als sie waren. Die Mutter vielleicht nicht, oder weniger.

Ja, wenn ich nun nicht mehr heimkehren würde? Es könnte ja etwas passieren, ich konnte mir den Hals brechen oder ertrinken oder unter die Eisenbahn kommen. Dann sah alles anders aus. Dann brachte man mich nach Hause, und alles war still und erschrocken und weinte, und ich tat allen leid, und von den Feigen war nicht mehr die Rede. Ich wußte sehr gut, daß man sich selber das Leben nehmen konnte. Ich dachte auch, daß ich das wohl einmal tun würde, später, wenn es einmal ganz schlimm kam. Gut wäre es gewesen, krank zu werden, aber nicht bloß so mit Husten, sondern richtig todkrank, so wie damals, als ich Scharlachfieber hatte.

Inzwischen war die Turnstunde längst vorüber, und auch die Zeit war vorüber, wo man mich zu Hause zum Kaffee erwartete. Vielleicht riefen und suchten sie jetzt nach mir, in meinem Zimmer, im Garten und Hof, auf dem Estrich. Wenn aber der Vater meinen Diebstahl schon entdeckt hatte, dann wurde nicht gesucht, dann wußte er Bescheid.

Es war mir nicht möglich, länger liegenzubleiben. Das Schicksal vergaß mich nicht, es war hinter mir her. Ich nahm das Laufen wieder auf. Ich kam an einer Bank in den Anlagen vorüber, an der hing wieder eine Erinnerung, wieder eine, die einst schön und lieb gewesen war und jetzt wie Feuer brannte. Mein Vater hatte mir ein Taschenmesser geschenkt, wir waren zusammen spazierengegangen, froh und in gutem Frieden, und er hatte sich auf diese Bank gesetzt, während ich im Gebüsch mir eine lange Haselrute schneiden wollte. Und da brach ich im Eifer das neue Messer ab, die Klinge dicht am Heft, und kam entsetzt zurück, wollte es erst verheimlichen, wurde aber gleich danach gefragt. Ich war sehr unglücklich, wegen des Messers und weil ich Scheltworte erwartete. Aber da hatte mein Vater nur gelächelt, mir leicht die Schulter berührt und gesagt: »Wie schade, du armer Kerl!« Wie hatte ich ihn da geliebt, wieviel ihm innerlich abgebeten! Und jetzt, wenn ich an das damalige Gesicht meines Vaters dachte, an seine Stimme, an sein Mitleid – was war ich für ein Ungeheuer, daß ich diesen Vater so oft betrübt, belogen und heut bestohlen hatte!

Als ich wieder in die Stadt kam, bei der oberen Brücke und weit von unserm Hause, hatte die Dämmerung schon begonnen. Aus einem Kaufladen, hinter dessen Glastür schon Licht brannte, kam ein Knabe gelaufen, der blieb plötzlich stehen und rief mich mit Namen an. Es war Oskar Weber. Niemand konnte mir ungelegener kommen. Immerhin erfuhr ich von ihm, daß der Lehrer mein Fehlen in der Turnstunde nicht bemerkt habe. Aber wo ich denn gewesen sei?

»Ach nirgends«, sagte ich, »ich war nicht recht wohl.«

Ich war schweigsam und zurückweisend, und nach einer Weile, die ich empörend lang fand, merkte er, daß er mir lästig sei. Jetzt wurde er böse.

»Laß mich in Ruhe«, sagte ich kalt, »ich kann allein heimgehen.«

»So?« rief er jetzt. »Ich kann geradesogut allein gehen wie du, dummer Fratz! Ich bin nicht dein Pudel, daß du's weißt. Aber vorher möchte ich doch wissen, wie das jetzt eigentlich mit unserer Sparkasse ist! Ich habe einen Zehner hineingetan und du nichts.«

»Deinen Zehner kannst du wiederhaben, heut noch, wenn du Angst um ihn hast. Wenn ich dich nur nimmer sehen muß. Als ob ich von dir etwas annehmen würde!«

»Du hast ihn neulich gern genommen«, meinte er höhnisch, aber nicht, ohne einen Türspalt zur Versöhnung offen zu lassen.

Aber ich war heiß und böse geworden, alle in mir angehäufte Angst und Ratlosigkeit brach in hellen Zorn aus. Weber hatte mir nichts zu sagen! Gegen ihn war ich im Recht, gegen ihn hatte ich ein gutes Gewissen. Und ich brauchte jemand, gegen den ich mich fühlen, gegen den ich stolz und im Recht sein konnte. Alles Ungeordnete und Finstere in mir strömte wild in diesen Ausweg. Ich tat, was ich sonst so sorgfältig vermied, ich kehrte den Herrensohn heraus, ich deutete an, daß es für mich keine Entbehrung sei, auf die Freundschaft mit einem Gassenbuben zu verzichten. Ich sagte ihm, daß für ihn jetzt das Beerenessen in unserm Garten und das Spielen mit meinen Spielsachen ein Ende habe. Ich fühlte mich aufglühen und aufleben: Ich hatte einen Feind, einen Gegner, einen, der schuld war, den man packen konnte. Alle Lebenstriebe sammelten sich in diese erlösende, willkommene, befreiende Wut, in die grimmige Freude am Feind, der diesmal nicht in mir selbst wohnte, der mir gegenüberstand, mich mit erschreckten, dann mit bösen Augen anglotzte, dessen Stimme ich hörte, dessen Vorwürfe ich verachten, dessen Schimpfworte ich übertrumpfen konnte.

Im anschwellenden Wortwechsel, dicht nebeneinander, trieben wir die dunkelnde Gasse hinab; da und dort sah man uns aus einer Haustüre nach. Und alles, was ich gegen mich selber an Wut und Verachtung empfand, kehrte sich gegen den unseligen Weber. Als er damit zu drohen begann, er werde mich dem Turnlehrer anzeigen, war es Wollust für mich: er setzte sich ins Unrecht, er wurde gemein, er stärkte mich.

Als wir in der Nähe der Metzgergasse handgemein wurden, blieben gleich ein paar Leute stehen und sahen unserm Handel zu. Wir hieben einander in den Bauch und ins Gesicht und traten mit den Schuhen gegeneinander. Nun hatte ich für Augenblicke alles vergessen, ich war im Recht, war kein Verbrecher, Kampfrausch beglückte mich, und wenn Weber auch stärker war als ich, so war ich flinker, klüger, rascher, feuriger. Wir wurden heiß und schlugen uns wütend. Als er mir mit einem verzweifelten Griff den Hemdkragen aufriß, fühlte ich mit Inbrunst den Strom kalter Luft über meine glühende Haut laufen.

Und im Hauen, Reißen und Treten, Ringen und Würgen hörten wir nicht auf, uns weiter mit Worten anzufeinden, zu beleidigen und zu vernichten, mit Worten, die immer glühender, immer törichter und böser, immer dichterischer und phantastischer wurden. Und auch darin war ich ihm über, war böser, dichterischer, erfinderischer. Sagte er Hund, so sagte ich Sauhund. Rief er Schuft, so schrie ich Satan. Wir bluteten beide, ohne etwas zu fühlen, und dabei häuften unsre Worte böse Zauber und Wünsche, wir empfahlen einander dem Galgen, wünschten uns Messer, um sie einander in die Rippen zu jagen und darin umzudrehen, wir beschimpften einer des andern Namen, Herkunft und Vater.

Es war das erste und einzige Mal, daß ich einen solchen Kampf im vollen Kriegsrausch bis zu Ende ausfocht, mit allen Hieben, allen Grausamkeiten, allen Beschimpfungen. Zugesehen hatte ich oft und mit grausender Lust diese vulgären, urtümlichen Flüche und Schandworte angehört; nun schrie ich sie selber heraus, als sei ich ihrer von klein auf gewohnt und in ihrem Gebrauch geübt. Tränen liefen mir aus den Augen und Blut über den Mund. Die Welt aber war herrlich, sie hatte einen Sinn, es war gut zu leben, gut zu hauen, gut zu bluten und bluten zu machen.

Niemals vermochte ich in der Erinnerung das Ende dieses Kampfes wieder zu finden. Irgendeinmal war es aus, irgendeinmal stand ich allein in der stillen Dunkelheit, erkannte Straßenecken und Häuser, war nahe bei unserm Hause. Langsam floh der Rausch, langsam hörte das Flügelbrausen und Donnern auf, und Wirklichkeit drang stückweise vor meine Sinne, zuerst nur vor die Augen. Da der Brunnen. Die Brücke. Blut an meiner Hand, zerrissene Kleider, herabgerutschte Strümpfe, ein Schmerz im Knie, einer im Auge, keine Mütze mehr da – alles kam nach und nach, wurde Wirklichkeit und sprach zu mir. Plötzlich war ich tief ermüdet, fühlte meine Knie und Arme zittern, tastete nach einer Hauswand.

Und da war unser Haus. Gott sei Dank! Ich wußte nichts auf der Welt mehr, als daß dort Zuflucht war, Friede, Licht, Geborgenheit. Aufatmend schob ich das hohe Tor zurück.

Da mit dem Duft von Stein und feuchter Kühle überströmte mich plötzlich Erinnerung, hundertfach. O Gott! Es roch nach Strenge, nach Gesetz, nach Verantwortung, nach Vater und Gott. Ich hatte gestohlen. Ich war kein verwundeter Held, der vom Kampfe heimkehrte. Ich war kein armes Kind, das nach Hause findet und von der Mutter in Wärme und Mitleid gebettet wird. Ich war Dieb, ich war Verbrecher. Da droben waren nicht Zuflucht, Bett und Schlaf für mich, nicht Essen und Pflege, nicht Trost und Vergessen. Auf mich wartete Schuld und Gericht.

Damals in dem finstern abendlichen Flur und im Treppenhaus, dessen viele Stufen ich unter Mühen erklomm, atmete ich, wie ich glaube, zum erstenmal in meinem Leben für

Augenblicke den kalten Äther, die Einsamkeit, das Schicksal. Ich sah keinen Ausweg, ich hatte keine Pläne, auch keine Angst, nichts als das kalte, rauhe Gefühl: »Es muß sein.« Am Geländer zog ich mich die Treppe hinauf. Vor der Glastür fühlte ich Lust, noch einen Augenblick mich auf die Treppe zu setzen, aufzuatmen, Ruhe zu haben. Ich tat es nicht, es hatte keinen Zweck. Ich mußte hinein. Beim Öffnen der Tür fiel mir ein, wie spät es wohl sei?

Ich trat ins Eßzimmer. Da saßen sie um den Tisch und hatten eben gegessen, ein Teller mit Äpfeln stand noch da. Es war gegen acht Uhr. Nie war ich ohne Erlaubnis so spät heimgekommen, nie hatte ich beim Abendessen gefehlt.

»Gott sei Dank, da bist du!« rief meine Mutter lebhaft. Ich sah, sie war in Sorge um mich gewesen. Sie lief auf mich zu und blieb erschrocken stehen, als sie mein Gesicht und die beschmutzten und zerrissenen Kleider sah. Ich sagte nichts und blickte niemanden an, doch spürte ich deutlich, daß Vater und Mutter sich mit Blicken meinetwegen verständigten. Mein Vater schwieg und beherrschte sich; ich fühlte, wie zornig er war. Die Mutter nahm sich meiner an, Gesicht und Hände wurden mir gewaschen, Pflaster aufgeklebt, dann bekam ich zu essen. Mitleid und Sorgfalt umgaben mich, ich saß still und tief beschämt, fühlte die Wärme und genoß sie mit schlechtem Gewissen. Dann ward ich zu Bett geschickt. Dem Vater gab ich die Hand, ohne ihn anzusehen.

Als ich schon im Bett lag, kam die Mutter noch zu mir. Sie nahm meine Kleider vom Stuhl und legte mir andere hin, denn morgen war Sonntag. Dann fing sie behutsam zu fragen an, und ich mußte von meiner Rauferei erzählen. Sie fand es zwar schlimm, schalt aber nicht und schien ein wenig verwundert, daß ich dieser Sache wegen so sehr gedrückt und scheu war. Dann ging sie.

Und nun, dachte ich, war sie überzeugt, daß alles gut sei. Ich hatte Händel ausgefochten und war blutiggehauen worden, aber das würde morgen vergessen sein. Von dem andern, dem Eigentlichen, wußte sie nichts. Sie war betrübt gewesen, aber unbefangen und zärtlich. Auch der Vater wußte also vermutlich noch nichts.

Und nun überkam mich ein furchtbares Gefühl von Enttäuschung. Ich merkte jetzt, daß ich seit dem Augenblick, wo ich unser Haus betreten hatte, ganz und gar von einem einzigen, sehnlichen, verzehrenden Wunsch erfüllt gewesen war. Ich hatte nichts anderes gedacht, gewünscht, ersehnt, als daß das Gewitter nun ausbrechen möge, daß das Gericht über mich ergehe, daß das Furchtbare zur Wirklichkeit werde und die entsetzliche Angst davor aufhöre. Ich war auf alles gefaßt, zu allem bereit gewesen. Mochte ich schwer gestraft, geschlagen und eingesperrt werden! Mochte er mich hungern lassen! Mochte er mich verfluchen und verstoßen! Wenn nur die Angst und Spannung ein Ende nahmen!

Statt dessen lag ich nun da, hatte noch Liebe und Pflege genossen, war freundlich geschont und für meine Unarten nicht zur Rechenschaft gezogen worden und konnte aufs neue warten und bangen. Sie hatten mir die zerrissenen Kleider, das lange Fortbleiben, das versäumte Abendessen vergeben, weil ich müde war und blutete und ihnen leid tat, vor allem aber, weil sie das andere nicht ahnten, weil sie nur von meinen Unarten, nichts von meinem Verbrechen wußten. Es würde mir doppelt schlimm gehen, wenn es ans Licht kam! Vielleicht schickte man mich, wie man früher einmal gedroht hatte, in eine Besserungsanstalt, wo man altes, hartes Brot essen und während der ganzen Freizeit Holz sägen und Stiefel putzen mußte, wo es Schlafsäle mit Aufsehern geben sollte, die einen mit dem Stock schlugen und morgens um vier mit kaltem Wasser weckten. Oder man übergab mich der Polizei?

Jedenfalls aber, es komme wie es möge, lag wieder eine Wartezeit vor mir. Noch länger mußte ich die Angst ertragen, noch länger mit meinem Geheimnis herumgehen, vor jedem Blick und Schritt im Hause zittern und niemand ins Gesicht sehen können.

Oder war es am Ende möglich, daß mein Diebstahl gar nicht bemerkt wurde? Daß alles blieb, wie es war? Daß ich mir alle diese Angst und Pein vergebens gemacht hatte? – Oh, wenn das geschehen sollte, wenn dies Unausdenkliche, Wundervolle möglich war, dann wollte ich ein ganz neues Leben beginnen, dann wollte ich Gott danken und mich dadurch würdig zeigen, daß ich Stunde für

Stunde ganz rein und fleckenlos lebte! Was ich schon früher versucht hatte und was mir mißglückt war, jetzt würde es gelingen, jetzt waren mein Vorsatz und Wille stark genug, jetzt nach diesem Elend, dieser Hölle voll Qual! Mein ganzes Wesen bemächtigte sich dieses Wunschgedankens und sog sich inbrünstig daran fest. Trost regnete vom Himmel, Zukunft tat sich blau und sonnig auf. In diesen Phantasien schlief ich endlich ein und schlief unbeschwert die ganze, gute Nacht hindurch.

Am Morgen war Sonntag, und noch im Bett empfand ich, wie den Geschmack einer Frucht, das eigentümliche, sonderbar gemischte, im ganzen aber so köstliche Sonntagsgefühl, wie ich es seit meiner Schulzeit kannte. Der Sonntagmorgen war eine gute Sache: Ausschlafen, keine Schule, Aussicht auf ein gutes Mittagessen, kein Geruch nach Lehrer und Tinte, eine Menge freie Zeit. Dies war die Hauptsache. Schwächer nur klangen andere, fremdere, fadere Töne hinein: Kirchgang oder Sonntagsschule, Familienspaziergang, Sorge um die schönen Kleider. Damit wurden der reine, gute, köstliche Geschmack und Duft ein wenig verfälscht und zersetzt – so, wie wenn zwei gleichzeitig gegessene Speisen, etwa ein Pudding und der Saft dazu, nicht ganz zusammenpaßten, oder wie zuweilen Bonbons oder Backwerk, die man in kleinen Läden geschenkt bekam, einen fatalen leisen Beigeschmack von Käse oder von Erdöl hatten. Man aß sie, und sie waren gut, aber es war nichts Volles und Strahlendes, man mußte ein Auge dabei zudrücken. Nun, so ähnlich war meistens der Sonntag, namentlich wenn ich in die Kirche oder Sonntagsschule gehen mußte, was zum Glück nicht immer der Fall war. Der freie Tag bekam dadurch einen Beigeschmack von Pflicht und von Langeweile. Und bei den Spaziergängen mit der ganzen Familie, wenn sie auch oft schön sein konnten, passierte gewöhnlich irgend etwas, es gab Streit mit den Schwestern, man ging zu rasch oder zu langsam, man brachte Harz an die Kleider; irgendein Haken war meistens dabei.

Nun, das mochte kommen. Mir war wohl. Seit gestern war eine Masse Zeit vergangen. Vergessen hatte ich meine Schandtat nicht, sie fiel mir schon am Morgen wieder ein, aber es war nun so lange her, die Schrecken waren ferngerückt und unwirklich geworden. Ich hatte gestern meine Schuld gebüßt, wenn auch nur durch Gewissensqualen, ich hatte einen bösen, jammervollen Tag durchlitten. Nun war ich wieder zu Vertrauen und Harmlosigkeit geneigt und machte mir wenig Gedanken mehr. Ganz war es ja noch nicht abgetan, es klangen noch ein wenig Drohung und Peinlichkeit nach, so wie in den schönen Sonntag jene kleinen Pflichten und Kümmernisse mit hineinklangen.

Beim Frühstück waren wir alle vergnügt. Es wurde mir die Wahl zwischen Kirche und Sonntagsschule gelassen. Ich zog, wie immer, die Kirche vor. Dort wurde man wenigstens in Ruhe gelassen und konnte seine Gedanken laufen lassen; auch war der hohe, feierliche Raum mit den bunten Fenstern oft schön und ehrwürdig, und wenn man mit eingekniffenen Augen dort das lange dämmernde Schiff gegen die Orgel sah, dann gab es manchmal wundervolle Bilder; die aus dem Finstern ragenden Orgelpfeifen erschienen oft wie eine strahlende Stadt mit hundert Türmen. Auch war es mir oft geglückt, wenn die Kirche nicht voll war, die ganze Stunde ungestört in einem Geschichtenbuch zu lesen.

Heut nahm ich keines mit und dachte auch nicht daran, mich um den Kirchgang zu drücken, wie ich es auch schon getan hatte. So viel klang von gestern abend noch in mir nach, daß ich gute und redliche Vorsätze hatte und gesonnen war, mich mit Gott, Eltern und Welt freundlich und gefügig zu vertragen. Auch mein Zorn gegen Oskar Weber war ganz und gar verflogen. Wenn er gekommen wäre, ich hätte ihn aufs beste aufgenommen.

Der Gottesdienst begann, ich sang die Choralverse mit, es war das Lied »Hirte deiner Schafe«, das wir auch in der Schule auswendig gelernt hatten. Es fiel mir dabei wieder einmal auf, wie ein Liedervers beim Singen, und gar bei dem schleppend langsamen Gesang in der Kirche, ein ganz anderes Gesicht hatte als beim Lesen oder Hersagen. Beim Lesen war so ein Vers ein Ganzes, hatte einen Sinn, bestand aus Sätzen. Beim Singen bestand er nur noch aus Worten, Sätze kamen nicht zustande, Sinn war keiner da, aber dafür gewannen die Worte, die einzelnen, gesungenen, langhin gedehnten Worte, ein sonderbar starkes, unabhängiges Leben, ja, oft waren es nur einzelne Silben, etwas an sich ganz Sinnloses, die im Gesang selbständig wurden und Gestalt annahmen. In dem Vers »Hirte deiner Schafe, der von keinem Schlafe etwas wissen mag« war zum Beispiel heute beim Kirchengesang gar kein Zusammenhang und Sinn, man dachte auch weder an einen Hirten noch an Schafe, man dachte durchaus gar nichts. Aber das war keineswegs langweilig. Einzelne Worte, namentlich das »Schla-afe«, wurden so seltsam voll und schön, man wiegte sich ganz darin, und auch das »mag« tönte geheimnisvoll und schwer, erinnerte an »Magen« und an dunkle, gefühlsreiche, halbbekannte Dinge, die man in sich innen im Leibe hat. Dazu die Orgel!

Und dann kam der Stadtpfarrer und die Predigt, die stets so unbegreiflich lang war, und das seltsame Zuhören, wobei man oft lange Zeit nur den Ton der redenden Stimme glockenhaft schweben hörte, dann wieder einzelne Worte scharf und deutlich samt ihrem Sinn vernahm und ihnen zu folgen bemüht war, solange es ging. Wenn ich nur im Chor hätte sitzen dürfen, statt unter all den Männern

auf der Empore. Im Chor, wo ich bei Kirchen-
konzerten schon gesessen war, da saß man tief
in schweren, isolierten Stühlen, deren jeder ein
kleines festes Gebäude war, und über sich hatte
man ein sonderbar reizvolles, vielfältiges,
netzartiges Gewölbe, und hoch an der Wand
war die Bergpredigt in sanften Farben gemalt,
und das blaue und rote Gewand des Heilands
auf dem blaßblauen Himmel war so zart und
beglückend anzusehen.

Manchmal knackte das Kirchengestühl,
gegen das ich eine tiefe Abneigung hegte,
weil es mit einer gelben, öden Lackfarbe ge-
strichen war, an der man immer ein wenig
klebenblieb. Manchmal summte eine Fliege
auf und gegen eines der Fenster, in deren
Spitzbogen blaurote Blumen und grüne
Sterne gemalt waren. Und unversehens war
die Predigt zu Ende, und ich streckte mich
vor, um den Pfarrer in seinen engen, dunklen
Treppenschlauch verschwinden zu sehen.
Man sang wieder, aufatmend und sehr laut,
und man stand auf und strömte hinaus; ich
warf den mitgebrachten Fünfer in die Opfer-
büchse, deren blecherner Klang so schlecht in
die Feierlichkeit paßte, und ließ mich vom

Menschenstrom mit ins Portal ziehen und ins Freie treiben.

Jetzt kam die schönste Zeit des Sonntags, die zwei Stunden zwischen Kirche und Mittagessen. Da hatte man seine Pflicht getan, man war im langen Sitzen auf Bewegung, auf Spiele oder Gänge begierig geworden, oder auf ein Buch, und war völlig frei bis zum Mittag, wo es meistens etwas Gutes gab. Zufrieden schlenderte ich nach Hause, angefüllt mit freundlichen Gedanken und Gesinnungen. Die Welt war in Ordnung, es ließ sich in ihr leben. Friedfertig trabte ich durch Flur und Treppe hinauf.

In meinem Stübchen schien Sonne. Ich sah nach meinen Raupenkästen, die ich gestern vernachlässigt hatte, fand ein paar neue Puppen, gab den Pflanzen frisches Wasser.

Da ging die Tür.

Ich achtete nicht gleich darauf. Nach einer Minute wurde die Stille mir sonderbar; ich drehte mich um. Da stand mein Vater. Er war blaß und sah gequält aus. Der Gruß blieb mir im Halse stecken. Ich sah: er wußte! Er war da. Das Gericht begann. Nichts war gut geworden, nichts abgebüßt, nichts vergessen!

Die Sonne wurde bleich, und der Sonntagmorgen sank welk dahin.

Aus allen Himmeln gerissen starrte ich dem Vater entgegen. Ich haßte ihn, warum war er nicht gestern gekommen? Jetzt war ich auf nichts vorbereitet, hatte nichts bereit, nicht einmal Reue und Schuldgefühl. – Und wozu brauchte er oben in seiner Kommode Feigen zu haben?

Er ging zu meinem Bücherschrank, griff hinter die Bücher und zog einige Feigen hervor. Es waren wenige mehr da. Dazu sah er mich an, mit stummer, peinlicher Frage. Ich konnte nichts sagen. Leid und Trotz würgten mich.

»Was ist denn?« brachte ich dann heraus.

»Woher hast du diese Feigen?« fragte er, mit einer beherrschten, leisen Stimme, die mir bitter verhaßt war.

Ich begann sofort zu reden. Zu lügen. Ich erzählte, daß ich die Feigen bei einem Konditor gekauft hätte, es sei ein ganzer Kranz gewesen. Woher das Geld dazu kam? Das Geld kam aus einer Sparkasse, die ich gemeinsam mit einem Freunde hatte. Da hatten wir beide alles kleine Geld hineingetan, das wir je und je bekamen. Übrigens – hier war die Kasse. Ich holte die Schachtel mit dem Schlitz hervor. Jetzt war bloß noch ein Zehner darin, eben weil wir gestern die Feigen gekauft hatten.

Mein Vater hörte zu, mit einem stillen, beherrschten Gesicht, dem ich nichts glaubte.

»Wieviel haben denn die Feigen gekostet?« fragte er mit der zu leisen Stimme.

»Eine Mark und sechzig.«

»Und wo hast du sie gekauft?«

»Beim Konditor.«

»Bei welchem?«

»Bei Haager.«

Es gab eine Pause. Ich hielt die Geldschachtel noch in frierenden Fingern. Alles an mir war kalt und fror.

Und nun fragte er, mit einer Drohung in der Stimme: »Ist das wahr?«

Ich redete wieder rasch. Ja, natürlich war es wahr, und mein Freund Weber war im Laden gewesen, ich hatte ihn nur begleitet. Das Geld hatte hauptsächlich ihm, dem Weber, gehört, von mir war nur wenig dabei.

»Nimm deine Mütze«, sagte mein Vater, »wir wollen miteinander zum Konditor Haager gehen. Er wird ja wissen, ob es wahr ist.«

Ich versuchte zu lächeln. Nun ging mir die Kälte bis in Herz und Magen. Ich ging voran und nahm im Korridor meine blaue Mütze. Der Vater öffnete die Glastür, auch er hatte seinen Hut genommen.

»Noch einen Augenblick!« sagte ich, »ich muß schnell hinausgehen.«

Er nickte. Ich ging auf den Abtritt, schloß zu, war allein, war noch einen Augenblick gesichert. Oh, wenn ich jetzt gestorben wäre!

Ich blieb eine Minute, blieb zwei. Es half nichts. Man starb nicht. Es galt standzuhalten. Ich schloß auf und kam. Wir gingen die Treppe hinunter.

Als wir eben durchs Haustor gingen, fiel mir etwas Gutes ein, und ich sagte schnell: »Aber heut ist ja Sonntag, da hat der Haager gar nicht offen.«

Das war eine Hoffnung, zwei Sekunden lang. Mein Vater sagte gelassen: »Dann gehen wir zu ihm in die Wohnung. Komm.«

Wir gingen. Ich schob meine Mütze gerade, steckte eine Hand in die Tasche und versuchte neben ihm daherzugehen, als sei nichts Besonderes los. Obwohl ich wußte, daß alle Leute mir ansahen, ich sei ein abgeführter Verbrecher, versuchte ich doch mit tausend Künsten, es zu verheimlichen. Ich bemühte mich, einfach und harmlos zu atmen; es brauchte niemand zu sehen, wie es mir die Brust zusammenzog. Ich war bestrebt, ein argloses Gesicht zu machen, Selbstverständlichkeit und Sicherheit zu heucheln. Ich zog einen Strumpf hoch, ohne daß er es nötig hatte, und lächelte, während ich wußte, daß dies Lächeln furchtbar dumm und künstlich aussehe. In mir innen, in Kehle und Eingeweiden, saß der Teufel und würgte mich.

Wir kamen am Gasthaus vorüber, beim Hufschmied, beim Lohnkutscher, bei der Eisenbahnbrücke. Dort drüben hatte ich gestern abend mit Weber gekämpft. Tat nicht der Riß beim Auge noch weh? Mein Gott! Mein Gott!

Willenlos ging ich weiter, unter Krämpfen um meine Haltung bemüht. An der Adlerscheuer vorbei, die Bahnhofstraße hinaus. Wie war diese Straße gestern noch gut und harmlos gewesen! Nicht denken! Weiter! Weiter!

Wir waren ganz nahe bei Haagers Haus. Ich hatte in diesen paar Minuten einige hundertmal die Szene voraus erlebt, die mich dort erwartete. Nun waren wir da. Nun kam es.

Aber es war mir unmöglich, das auszuhalten. Ich blieb stehen.

»Nun? Was ist?« fragte mein Vater.

»Ich gehe nicht hinein«, sagte ich leise.

Er sah zu mir herab. Er hatte es ja gewußt, von Anfang an. Warum hatte ich ihm das alles vorgespielt und mir so viel Mühe gegeben? Es hatte ja keinen Sinn.

»Hast du die Feigen nicht bei Haager gekauft?« fragte er.

Ich schüttelte den Kopf.

»Ach so«, sagte er mit scheinbarer Ruhe. »Dann können wir ja wieder nach Hause gehen.«

Er benahm sich anständig, er schonte mich auf der Straße, vor den Leuten. Es waren viele Leute unterwegs, jeden Augenblick wurde mein Vater gegrüßt. Welches Theater! Welche dumme, unsinnige Qual! Ich konnte ihm für diese Schonung nicht dankbar sein.

Er wußte ja alles! Und er ließ mich tanzen, ließ mich meine nutzlosen Kapriolen vollführen, wie man eine gefangene Maus in der Drahtfalle tanzen läßt, ehe man sie ersäuft.

Ach, hätte er mir gleich zu Anfang, ohne mich überhaupt zu fragen und zu verhören, mit dem Stock über den Kopf gehauen, das wäre mir im Grunde lieber gewesen als diese Ruhe und Gerechtigkeit, mit der er mich in meinem dummen Lügengespinst einkreiste und langsam erstickte. Überhaupt, vielleicht war es besser, einen groben Vater zu haben als so einen feinen und gerechten. Wenn ein Vater, so wie es in Geschichten und Traktätchen vorkam, im Zorn oder in der Betrunkenheit seine Kinder furchtbar prügelte, so war er eben im Unrecht, und wenn die Prügel auch weh taten, so konnte man doch innerlich die Achseln zucken und ihn verachten. Bei meinem Vater ging das nicht, er war zu fein, zu einwandfrei, er war nie im Unrecht. Ihm gegenüber wurde man immer klein und elend.

Mit zusammengebissenen Zähnen ging ich vor ihm her ins Haus und wieder in mein Zimmer. Er war noch immer ruhig und kühl, vielmehr er stellte sich so, denn in Wahrheit war er, wie ich deutlich spürte, sehr böse. Nun begann er in seiner gewohnten Art zu sprechen.

»Ich möchte nur wissen, wozu diese Komö-
die dienen soll? Kannst du mir das nicht sagen? Ich wußte ja gleich, daß deine ganze
hübsche Geschichte erlogen war. Also wozu
die Faxen? Du hältst mich doch nicht im Ernst
für so dumm, daß ich sie dir glauben würde?«

Ich biß weiter auf meine Zähne und
schluckte. Wenn er doch aufhören wollte! Als
ob ich selber gewußt hätte, warum ich ihm
diese Geschichte vorlog! Als ob ich selber
gewußt hätte, warum ich nicht mein Verbrechen gestehen und um Verzeihung bitten
konnte! Als ob ich auch nur gewußt hätte,
warum ich diese unseligen Feigen stahl! Hatte
ich das denn gewollt, hatte ich es denn mit
Überlegung und Wissen und aus Gründen
getan?! Tat es mir denn nicht leid? Litt ich
denn nicht mehr darunter als er?

Er wartete und machte ein nervöses Gesicht
voll mühsamer Geduld. Einen Augenblick
lang war mir selbst die Lage vollkommen
klar, im Unbewußten, doch hätte ich es nicht
wie heut mit Worten sagen können. Es war
so: Ich hatte gestohlen, weil ich trostbedürftig
in Vaters Zimmer gekommen war und es zu
meiner Enttäuschung leer gefunden hatte. Ich

hatte nicht stehlen wollen. Ich hatte, als der Vater nicht da war, nur spionieren wollen, mich unter seinen Sachen umsehen, seine Geheimnisse belauschen, etwas über ihn erfahren. So war es. Dann lagen die Feigen da, und ich stahl. Und sofort bereute ich, und den ganzen Tag gestern hatte ich Qual und Verzweiflung gelitten, hatte zu sterben gewünscht, hatte mich verurteilt, hatte neue, gute Vorsätze gefaßt. Heut aber – ja, heut war es nun anders. Ich hatte diese Reue und all das nun ausgekostet, ich war jetzt nüchterner, und ich spürte unerklärliche, aber riesenstarke Widerstände gegen den Vater und gegen alles, was er von mir erwartete und verlangte.

Hätte ich ihm das sagen können, so hätte er mich verstanden. Aber auch Kinder, so sehr sie den Großen an Klugheit überlegen sind, stehen einsam und ratlos vor dem Schicksal.

Steif vor Trotz und verbissenem Weh schwieg ich weiter, ließ ihn klug reden und sah mit Leid und seltsamer Schadenfreude zu, wie alles schiefging und schlimm und schlimmer wurde, wie er litt und enttäuscht war, wie er vergeblich an alles Bessere in mir appellierte.

Als er fragte: »Also hast du die Feigen gestohlen?«, konnte ich nur nicken. Mehr als ein
schwaches Nicken brachte ich auch nicht über
mich, als er wissen wollte, ob es mir leid tue.
– Wie konnte er, der große, kluge Mann, so
unsinnig fragen! Als ob es mir etwa nicht leid
getan hätte! Als ob er nicht hätte sehen können, wie mir das Ganze weh tat und das Herz
umdrehte! Als ob es mir möglich gewesen
wäre, mich etwa gar noch meiner Tat und der
elenden Feigen zu freuen!

Vielleicht zum erstenmal in meinem kindlichen Leben empfand ich fast bis zur
Schwelle der Einsicht und des Bewußtwer-
dens, wie namenlos zwei verwandte, gegeneinander wohlgesinnte Menschen sich mißverstehen und quälen und martern können,
und wie dann alles Reden, alles Klugseinwollen, alle Vernunft bloß noch Gift hinzugießen,
bloß neue Qualen, neue Stiche, neue Irrtümer
schaffen. Wie war das möglich? Aber es war
möglich, es geschah. Es war unsinnig, es war
toll, es war zum Lachen und zum Verzweifeln
– aber es war so.

Genug nun von dieser Geschichte! Es endete damit, daß ich über den Sonntagnach-

mittag in der Dachkammer eingesperrt wurde. Einen Teil ihrer Schrecken verlor die harte Strafe durch Umstände, welche freilich mein Geheimnis waren. In der dunkeln, unbenutzten Bodenkammer stand nämlich tief verstaubt eine Kiste, halb voll mit alten Büchern, von denen einige keineswegs für Kinder bestimmt waren. Das Licht zum Lesen gewann ich durch das Beiseiteschieben eines Dachziegels.

Am Abend dieses traurigen Sonntags gelang es meinem Vater, kurz vor Schlafengehen mich noch zu einem kurzen Gespräch zu bringen, das uns versöhnte. Als ich im Bett lag, hatte ich die Gewißheit, daß er mir ganz und vollkommen verziehen habe – vollkommener als ich ihm.

Das Werk von
Hermann Hesse
Eine Auswahl

Gesammelte Schriften in sieben Bänden. Leinen und Leder
– Werkausgabe. Zwölf Bände. Leinenkaschur
Die Romane und die Großen Erzählungen. Jubiläumsausgabe zum
  hundertsten Geburtstag von Hermann Hesse. Acht Bände in
  Schmuckkassette
– Gesammelte Erzählungen. Geschenkausgabe in sechs Bänden

Einzelausgaben:
– Aus Kinderzeiten. Gesammelte Erzählungen. Band 1 1900–1905.
  st 347
– Ausgewählte Briefe. Zusammengestellt von Hermann Hesse und
  Ninon Hesse. st 211
Hermann Hesse – Thomas Mann. Briefwechsel. Herausgegeben von
  Anni Carlsson. Leinen
Hermann Hesse – Peter Suhrkamp. Briefwechsel 1945–1959.
  Herausgegeben von Siegfried Unseld. Leinen
– Das Glasperlenspiel. st 79
– Demian. Die Geschichte von E. Sinclairs Jugend. BS 95 und
  st 206
– Der Europäer. Gesammelte Erzählungen Band 3. st 384
– Der Steppenwolf. Roman. BS 226 und st 175
– Die Erzählungen. SA. Leinen 2 Bde. in Kassette
– Die Gedichte 1892–1962. Herausgegeben von Volker Michels.
  2 Bde. st 381
– Die Märchen. st 291
– Die Verlobung. Gesammelte Erzählungen Band 2. st 368
– Die Welt der Bücher. Betrachtungen und Aufsätze zur Literatur.
  Zusammengestellt von Volker Michels. st 415
– Eigensinn. Autobiographische Schriften. Auswahl und Nachwort
  Siegfried Unseld. BS 353
– Innen und Außen. Gesammelte Erzählungen Band 4. st 413
– Italien. Schilderungen, Tagebücher, Gedichte, Aufsätze, Buchbe-
  sprechungen und Erzählungen. st 689.
– Kindheit und Jugend vor Neunzehnhundert. Hermann Hesse in
  Briefen und Lebenszeugnissen 1877–1895. Herausgegeben von Ni-
  non Hesse. Leinen und st 1002
– Kindheit und Jugend vor Neunzehnhundert. Zweiter Band. Her-
  mann Hesse in Briefen und Lebenszeugnissen 1895–1900. Herausge-
  geben von Volker Michels. Leinen

15/1/8.84

Das Werk von
Hermann Hesse
Eine Auswahl

Einzelausgaben:
- Knulp. Drei Geschichten aus dem Leben Knulps. Mit dem unveröffentlichten Fragment ›Knulps Ende‹. Mit Steinzeichnungen von Karl Walser. it 394
- Lektüre für Minuten. Auswahl Volker Michels. st 7
- Lektüre für Minuten 2. Neue Folge. st 240
- Narziß und Goldmund. BS 65 und st 274
- Peter Camenzind. Erzählung. st 161
- Siddhartha. Eine indische Dichtung. BS 227 und st 182
- Stufen. Ausgewählte Gedichte. BS 342
- Unterm Rad. Erzählung. st 52 und BS 776
- Wanderung. BS 444

Mit Hermann Hesse durch das Jahr. Mit Reproduktionen von 13 aquarellierten Federzeichnungen von Hermann Hesse.

Materialien zu Hesses Werk:
Herausgegeben von Volker Michels
- zu ›Siddhartha« Band 1. stm. st 2048
  Band 2. Texte über Siddhartha. stm. st 2049

Hermann Hesse
Rezeption 1978-1983. Herausgegeben von Volker Michels. stm. st 2045

Hermann Hesse. Sein Leben in Bildern und Texten. Herausgegeben von Volker Michels. Gestaltet von Willy Fleckhaus. Mit Anmerkungen, Namenregister, Zitat- und Bildnachweis. Vorwort von Hans Mayer. Leinen

Hermann Hesse – Eine Werkgeschichte. Von Siegfried Unseld. Inhalt: Werkgeschichte. Bibliographie ausgewählter Sekundärliteratur. st 143

Schallplatten:
Hermann Hesse – Sprechplatte. Langspielplatte

15/2/8.84

Verzeichnis
der suhrkamp taschenbücher

Eine Auswahl

2/3/6.84